Des mots et des lettres

Patrick Gauchot

Des mots et des lettres

Recueil

LE LYS BLEU
ÉDITIONS

ISBN : 979-10-377-5948-1

À Christine, Yannick, Karen et Florian

Préface

J'attendais, fébrile, le passage du facteur. M'apportait-il une lettre parfumée, un appel venant du cœur ? Patrick aura porté autant d'espoir que nous en attendions. Des rêves plein sa sacoche.

Un facteur des mots et des lettres qui, à l'aube de la belle retraite, aura une fois de plus délivré son message d'amour et de fraternité.

Marie-Hélène Attademo
Auteure et peintre

Les mots virevoltent puis s'entrechoquent
Les syllabes se séparent puis s'unissent
Les phrases grandissent puis s'évanouissent
Les poèmes se nourrissent de mon âme,
trahissent mon émotion et laissent mon cœur à vif.

De Perreuse à Saint-Amand

Les souvenirs se bousculent et continuent de me hanter,
La confusion s'installe, il faudra bien avancer.
Ils m'accompagnent, guident et éclairent mes jours
De Perreuse à Saint-Amand pour hier et pour toujours.

Était-ce bien nous, mes frères et mes sœurs
Qui vivions si nombreux dans une si petite demeure ?
Était-ce bien nous, mes frangines et mes frangins
Qui chantions si enthousiastes Noël et ses doux refrains ?

Que de souvenirs en commun, que de jeux partagés,
De nos promenades familiales, les uns en poussette, les autres à pied.
De la marre à Perreuse au donjon de Saint-Vérain,
De nos communions solennelles en ces temps si lointains.

Aujourd'hui que reste-t-il de notre enfance ?
La douceur d'une époque bercée d'innocence,
La chaleur des nuits d'été, les murs envahis de mouches,
Et cette question qui m'obsède : pourquoi me surnommait-on Terlouche ?

Saint-Vérain, nous revoilà

Être un enfant c'est être vivant
Être un enfant autrefois à Saint-Vérain
C'étaient des rires, des pleurs, des chants,
C'était surtout le temps des copains.

Il n'y a pas de différence entre jeunesse et espérance
Et il y avait beaucoup d'insouciance dans notre enfance.
Nous étions libres, riches de tant d'innocence,
Le temps s'était arrêté, nous laissant toujours en vacances.

Nos jeux, nos balades nocturnes dans les bois,
Nos premières frappes dans le ballon, si maladroites,
Nos premiers baisers, nos premiers émois,
Nos premiers blanc-limés ; nous étions des rois.

La nostalgie m'envahit, il est demain déjà.
Mes amis, mes frères, ne me réveillez pas,
Laissez-moi revivre encore ces années-là.
Aujourd'hui, soyons heureux : Saint-Vérain, nous revoilà.

Mes amis, pourquoi partir si vite ?

Et toi Jean-Claude qui aimais tant Saint-Vérain
Tu y resteras pour toujours, quel funeste destin !
Et toi Dédé qui retrouvas ton Ardèche natale
Par amour pour ton pays jusqu'à ce jour fatal.

Et toi Olivier qui grattais la guitare,
Tu as oublié cette musique si douce, si rare.
Et toi Chabanne qui profitais du bonheur,
Tu es parti trahi par ton grand cœur.

Et moi je reste seul. Quel est le message ?
Que faire de ces années que la mort vous a volées ?
Attendre d'autres rires : mais serais-je assez sage ?
Espérer d'autres visages, ouvrir mon cœur à d'autres amitiés.

Nous étions jeunes, notre enfance est déjà si loin,
Notre jeunesse s'est envolée, disparus tous ces lendemains.
Il me reste tant de souvenirs de vous mes amis, mes frangins,
Et la douleur de poursuivre seul le chemin.

Les enfants de Jeanne et de Mérille

Nous sommes tous si différents mais si semblables à la fois
Nous sommes les enfants de Jeanne et de Mérille
Nous avons en commun une enfance si douce malgré le froid
Nous vivions en toute insouciance dans un monde si paisible.

Que le bonheur était simple en ce temps-là : telle une visite chez les grands-parents
Où il régnait une atmosphère particulière si sereine et si envoûtante
Nulle part ailleurs je n'ai retrouvé cette quiétude, je n'étais qu'un enfant
Quelles étaient douces à vivre ces années-là : nostalgiques et émouvantes.

Il nous reste à transmettre cet esprit de famille à nos propres enfants
Afin qu'ils comprennent l'importance de nos racines communes
En souvenir de nos pères et mères, de nos oncles et tantes emportés par le vent
Et que j'imagine faisant la fête comme avant à chaque quartier de lune.

La rencontre

Un seul regard aura suffi
Un premier rendez-vous, tu as dit oui
Un seul et éternel soir, tu as rougi
Un dernier baiser, tu as souri.

Le bonheur

Nos vies se sont croisées un soir d'hiver
Nous étions l'un pour l'autre, c'était hier
Confiant en notre bonheur, voilà notre prière
Notre jeunesse, notre amour : il n'y avait pas de barrière.

La vie à deux

Le chemin ne fut pas toujours droit
Mais il était doux de le faire avec toi.
T'accompagner encore, avec tendresse, avec émoi
Continuer de vivre car tu seras toujours là.

La suite

Si tu le veux pour hier et pour toujours
Je t'aimerai demain comme au premier jour.
Je connais tes angoisses, mon cœur n'est pas sourd.
Il reste des terres inconnues : je t'y conduirai mon amour.

Ma belle vie

La dizaine

En ce temps-là, certains de nous naissaient chez notre tante
En ce temps-là, d'autres rêvaient et tous connaissaient Perreuse
En ce temps-là, nos journées s'écoulaient si douces, si tendres
En ce temps-là, la tête dans les nuages, nos vies étaient heureuses.

La vingtaine

Et ce fut toi, cette rencontre qui bouleversa ma vie
Et ce fut nous, cet amour qui éclaira nos jours et nos nuits
Et nous étions jeunes, et nous étions heureux et tu m'avais dit oui
Et nous furent emportés par un tourbillon de joie et de folie.

La trentaine

Puis notre premier enfant est né. Quel miracle ! Quelle fierté !
Ensuite notre fille, il fallait bien qu'elle te ressemble : quelle bonté !
Et notre dernier, si attachant, si déroutant, si révolté !
Et vous, mes enfants, vous êtes ma belle vie, ma récompense, ma vérité.

La quarantaine

Ma belle vie où mon histoire s'écrit avec des mots magiques
Ma belle vie où le temps s'écoule si paisible, mais déjà trop rapide
Ma belle vie où vous aussi, mes frères, mes amis, profitiez de ces années si limpides
Ma belle vie où le temps était comme suspendu. Tout était magnifique.

La cinquantaine

Mais la vie n'est pas toujours tendre, je suis si seul sans toi
Mais la vie n'est pas toujours douce, je connais son impitoyable loi
Mais malgré la douleur, je reste debout, je reste vivant
Mais malgré le malheur, je reste un homme, je reste confiant.

La soixantaine

Quel est ce sentiment étrange de subir les évènements
de ma vie ?
Quel est ce sentiment étrange de connaître d'avance les
heures sombres de la nuit ?
Mais le chemin n'est pas terminé, je le poursuivrai le
dos courbé, le cœur un peu lourd
Et toi ma belle vie, j'attends sans peur, sans impatience,
la suite de ton beau discours.

Y sont fous, ces Gaulois

Nous étions simplement quelques copains
L'un de nous découvrit un puits romain
Un autre voulut creuser, voir un peu plus loin
Tous décidèrent de rester pour d'autres lendemains.

Hélas, quelques-uns nous abandonnèrent au bord du chemin
Laissant nos cœurs brisés, quel funeste destin !
Mais d'autres sont venus nous tendre la main
Pour ensemble, aller plus loin vers le lointain.

Puis nous avons fait la fête, même celle du vin
Levé nos verres, chanté nos joies. Quel festin !
Que de bonheur quand on part de presque rien !
Y sont fous, ces Gaulois ! Ils continueront, c'est certain !

Vingt ans d'amitié, de joies et de combats
Vingt ans de fêtes, de fatigue et de tracas
Vingt ans déjà, vingt ans enfin et nous sommes toujours là
Vingt ans seulement, vingt ans toujours, et nous
resterons ces Gaulois !

Christine et Manu

Lorsque la vie que l'on rêvait se dilue dans la réalité
Et que ce bonheur tant espéré n'était que faux espoir
Malgré toute cette énergie, tout cet amour, toute cette volonté
Pour finalement piétiner les miettes d'un bonheur illusoire.

Mais la vie est pleine d'imprévus et de vérités
Et si le temps est suspendu, il n'est pas arrêté.
Maintenant tout est permis, le soleil brille à nouveau
C'est comme une envie impérieuse de se jeter à l'eau.

Christine et Manu vous avez mérité ces dix années de bonheur
Il est des rencontres si improbables qu'elles deviennent évidentes.
Profitez bien de tous ces jours, de toutes ces heures
Continuez doucement votre chemin car douce est la pente.

Lily

Tes parents venaient tout droit de Cercy, Lily
Ils cherchaient leur petit coin de paradis, Lily
Certains de leur amour et remplis d'espoir, Lily
Tu es venue si douce, si fragile leur dire : me voici, Lily

Tu voulais partager tous ces instants magiques, Lily
Tout ce bonheur, toute cette douceur, tous ces rires, Lily
Toute cette chaleur, toute cette tendresse, toute ta vie, Lily
Sois tranquille, les étoiles t'accompagneront jour et nuit, Lily

Toi si petite et déjà si attachante je suis conquis, Lily
Bientôt tu prendras ma main, rassurée et ravie, Lily
Tu t'appuieras sur mon épaule comme un regret,
comme un oubli, Lily
Étonnée d'entendre ces histoires d'un autre temps,
d'une autre vie, Lily

New York, me voilà

Nous aurions dû effectuer ensemble ce lointain voyage
Mais l'avion s'envole et tu n'es pas à mes côtés
Le destin cruel t'emporta à tout jamais sur d'autres rivages
Et je suis venu courir ce marathon en souvenir de nos belles années.

Staten Island

J'attends le départ comme tous ces coureurs, si impatient, si inconscient, si décidé
Un bruit sourd nous libère, nous nous élançons telle une armée de fantassins
À l'assaut du pont Verrazano avec envie, avec bonheur, avec fierté
Je suis à New York au départ de cette course légendaire et qu'importe les lendemains.

Brooklyn

la foule nous acclame avec tant de fureur, avec tant de ferveur
Qu'il nous est agréable de courir sans peur, sans douleur
Les jambes sont légères, le souffle régulier, notre esprit apaisé
Qu'importe nos origines, qu'importe nos différences nous sommes si motivés.

Queens

Je pénètre dans la première avenue, envoûté par ce spectacle grandiose
Nous progressons lentement telle une chenille géante et multicolore
Je profite pleinement de ma course, je savoure ma chance à petites doses
Conscient que bientôt le plaisir de courir deviendra moins agréable, moins indolore.

Bronx

Les tambours du Bronx résonnent dans ma tête et m'aident à soutenir un tempo plus régulier
Les jambes deviennent lourdes, les muscles douloureux : le voilà ce mur impitoyable,

Ce mur infranchissable, serais-je venu de si loin pour abandonner ?
Tant de sacrifices, tant de souffrances et se savoir si vulnérable,

Central Park

Plus la foule crie moins je l'entends, plus elle m'acclame moins j'avance
La douleur envahit tout mon corps, tel un pantin désarticulé je vais de-ci de-là
Enfin je franchis la ligne d'arrivée les bras levés au ciel en signe d'espérance
Et ce sentiment de fierté et déjà cette folle envie de proclamer New York me revoilà !

Christine

Tu aurais pu rester encore un peu parmi nous,
Le voyage de notre vie n'était pas encore fini
J'espérais le continuer avec toi, joue contre joue
Vieillir ensemble comme je te l'avais promis.

Merci pour toutes ces années que tu m'as données
Merci pour ton amour qui n'aura jamais cessé
Merci pour ta présence, pour ce bonheur insensé
Merci de m'avoir rencontré, de m'avoir aimé.

Toutes les larmes de mon corps coulent : tu n'es plus là !
Tous mes muscles se contractent : je m'accroche à toi !
Tout mon esprit s'évanouit : tu n'es plus là !
Toute ma tendresse est vaine : je m'accroche à toi !

Si ta vie fut trop courte, le bonheur l'aura guidée
Si ma vie est trop longue, le souvenir pourra m'aider
Où que tu sois, sache que je t'ai tant aimé
Où que je vive, où que j'aille, je ne pourrais t'abandonner.

Karen

Lorsque l'enfant paraît

26 septembre 1986, quatre heures du matin
Te voilà, si petite, si douce comme du satin.
Avec un peu d'avance, qu'importe, c'est le destin
Pour tes 20 ans levons nos verres, place au festin.

Lorsque l'enfant grandit

Tes rires, tes jeux raisonnent encore dans nos cœurs
Mais plus encore ton silence suffit à mon bonheur.
Mes cheveux sont coiffés, tirés, lissés : tu es mon coiffeur
Qu'il est doux de vivre ces années, c'est le temps des fleurs.

Lorsque l'enfant s'en va

Lorsqu'il te faudra partir, regarde droit devant
Va, vis, profite de ton bonheur en chantant.
Souviens-toi des jours heureux lorsque tu étais enfant
Pour nous, c'était si bon d'être tes parents.

Lorsque l’enfant revient

Si un jour ta vie t’abandonne, alors ton rêve aura cessé
Reviens te serrer tendrement contre nos cœurs usés
Il suffira d’un regard pour ne plus y penser
La vie, la tendresse, l’amour : tout pourra recommencer.

Le mariage

Que votre rencontre se concrétise
Que tous vos souhaits se réalisent
Que tout votre amour vous unisse
Que votre vie, vos rêves vous embellissent.

Que votre volonté de vivre ensemble
Soit si forte et alors tout deviendra possible,
Que vos émotions, vos joies vous rassemblent
Et vous profiterez de ce bonheur si simple, si accessible.

Les chemins de la vie sont parfois longs et tortueux,
Puissiez-vous les parcourir dans la joie et le bonheur
Comme nous avons su le faire : nous étions si heureux,
Il est des instants magiques, féériques : c'est le temps des fleurs.

Hier, nous étions émus de vos amours naissants
Et nous te souhaitions, Magali, la bienvenue chez nous.
Aujourd'hui, je suis seul pour vivre de tels moments
Et je te souhaite, Magali, la bienvenue chez vous.

Florian, 8 janvier 1992

Ton enfance t'abandonne, tu te crois soulagé,
Les souvenirs se confondent, cela ne fait que commencer.
Ces visages, ces rires, ces pleurs, rien ne pourra les effacer
Ils t'aideront à poursuivre le chemin que le destin a tracé.

Un bébé vient de naître, serais-je un bon père ?
Au début il suffit d'indiquer les repères
Ensuite un peu de patience, peu de vagues sur la mer
Mais les enfants grandissent, les parents ne sont pas des frères.

Je sais que ta vie te ressemblera
Pleine d'imprévus, de joie et de combats.
Accepte-la, respecte-la et tu comprendras
Qu'elle a plus de valeur puisque tu es là.

Il n'est pas facile de dire je t'aime à un enfant,
J'espère que tu étais heureux avec nous simplement.
Continue ton chemin, nous t'accompagnons tendrement,
Souviens-toi longtemps du message de tes parents.

Maman

Les heures, les jours, les mois, les années s'éloignent
Laissant tant de souvenirs, tant de douceur, tant de vagues à l'âme.
Que de patience, que de force, que de courage
Pour vivre cette vie aux multiples visages.

Ton enfance où l'amour d'une mère manquait à ta prière,
Ta jeunesse dans un monde fou où les hommes étaient trop fiers,
Ta tendresse pour aider et protéger sœurs et frères,
Ton unique amour que tu ne cesseras d'aimer : notre père.

Merci pour cette façon unique d'organiser nos vies d'enfant.
Merci pour ces jours de fête, ces veillées, ces Noëls d'antan.
Merci pour ta présence lorsque nos corps fiévreux te réclamaient en tremblant.
Merci pour cet esprit de famille lorsque nous fêtions la vie en chantant.

Aujourd'hui il te reste la fierté d'une vie bien accomplie
Et si le destin fut cruel, tu as su poursuivre le chemin de ta vie.
Je sais que sur les routes de Puisaye, quand tombe la nuit,
Le fantôme d'une 4L accompagne mes rêves : maman, c'est toi qui conduis.

Olivier

Les nourrissons dorment dans leurs couffins,
L'alcool nous tourne la tête et c'est très bien.
Le jour se lève, il faut rentrer, il est déjà demain,
La lune nous accompagne, je connais le chemin.

Que de soirées passées ensemble par amitié,
Que de parties de cartes perdues ou gagnées,
Que de gestes maladroits et de cigarettes écrasées,
Que de rires, que de joies avons-nous partagées.

Mais les regrets et les remords me serrent le cœur.
J'ignorais ton désespoir qui alimentait ton malheur.
Je te croyais l'âme en paix, quelle erreur
Un seul regard aurait suffi pour que cessent les peurs.

Nous avons connu et visité des endroits magiques
Où nous grimpions aux arbres, nous étions héroïques.
Nous pouvions y cueillir des cacahuètes : quel cirque !
Mais les enfants ne joueront plus avec le singe : c'est tragique.

Adieu Olivier, que ta guitare et tes rêves t'accompagnent.

Un an déjà

Il pleuvait dans nos cœurs ce soir de novembre
Tu es partie sans prévenir, sans attendre
Nous laissant si désespérés, si fragiles, si tendres
Il nous fallut affronter le froid glacial de décembre.

Ma mémoire vagabonde : tu es toujours avec moi.
Ma tristesse est si grande : je vais de-ci de-là.
Mon courage est décuplé : tu serais fière de moi.
Mon amour est si grand : je t'aime malgré l'au-delà.

L'hiver s'installe, tu n'aimais pas sa rigueur
Le printemps le chassera, tu aimais sa douceur
L'été arrivera, tu craignais le soleil et ses fortes chaleurs
L'automne reviendra, synonyme de peine et de malheur.

Un an déjà et je pense toujours à toi.
Un an déjà et je respire et je vis malgré moi.
Un an déjà et je me calme et je redeviens un enfant.
Un an déjà et toi mon âme, et toi mon cœur, restez vivants !

L'absence

Les anges ont bien de la chance
De profiter de ta présence,
Avaient-ils tant besoin de ton sourire
Pour me priver à tout jamais de tes éclats de rire ?

Fallait-il que notre amour soit si puissant
Pour que mon malheur soit si grand ?
Fallait-il que nous soyons si heureux
Pour que je devienne si miséreux ?

Chaque minute, chaque heure, chaque jour
Vécus ensemble auront forgé notre amour.
Combien de semaines, combien de mois, combien d'années
À vivre sans toi, à vivre sans aimer ?

Tous ces jours, toutes ces nuits en ta présence
Me guident, m'aident à supporter ton absence
Je te cherche, je te parle. Quel est ce silence ?
Et notre vie, et notre bonheur, disparue notre chance.

La retraite d'un facteur

Combien de kilomètres ai-je parcourus sur ces chemins sinueux,
les chemins de ma vie
Combien de lettres et de colis ai-je distribués à des femmes et des hommes avec constance
Combien de sourires sur des visages d'enfants recevant le cadeau
d'un papy ou d'une mamie
Combien de regards anxieux d'adolescents timides à la réception de la lettre de leur amour d'enfance ?

Merci à tous ces anonymes, ces solitaires qui généreusement m'ont ouvert leur porte
Merci à dame nature qui m'accompagna pendant tant d'années sur ces routes si calmes, si reposantes
Merci pour la beauté des matins d'hiver lorsque les branches des arbres, chargées de neige, me faisaient escorte.
Merci pour la beauté des matins d'été lorsqu'au détour d'un chemin, m'apparaissaient des biches pour offrande.

Merci à toi avec qui j'ai tout partagé, toi qui appréciais
tout de ce métier si particulier, si gratifiant
Qu'il me fut difficile de continuer seul, ton sourire fut
emporté un soir d'automne par le vent
Et cette nouvelle société que l'on nous impose, si
éloignée des hommes, si éloignée de nos valeurs
Et je m'en vais comme j'étais arrivé en toute humilité,
en toute simplicité, je n'étais qu'un facteur.

Évelyne

Évelyne, la première de nos sœurs à naître
La seule d'entre nous qui ait aperçu
Ce bel avion passer au travers de la fenêtre
Rêve ou réalité, la différence est ténue

Ta vie ne fut pas toujours celle que tu espérais
Et quand tout s'écroule on peine à se relever.
On se construit un monde de chimères et d'illusions
Et nous espérons bientôt nous libérer de nos démons.

Il nous manque tes coups de gueule, tes coups de cœur
Il nous manque ce trio déjanté que tu formais avec tes sœurs
Il nous manque tes coups de folie, tes éclats de rire
Il nous manque ta générosité, ta franchise et tes délires.

Raoul

Au tout début tu étais un oncle qui attisait notre curiosité
Quelle fierté pour nous d'enjamber ta grosse moto,
Nous restions bien alignés pour que tu puisses nous prendre en photo
Et déjà nous rêvions de lointaines contrées et de liberté.

Ensuite nous sommes arrivés ensemble à Cercy, peu avant Noël
Tel un père et un fils pour travailler à l'hôtel des voyageurs
Où tu exerças ton métier de cuisinier avec talent et honneur
Fervent défenseur d'une cuisine généreuse et traditionnelle.

C'est avec joie et bonheur que tu rassemblas ta nouvelle famille
Puis tu fus le témoin de mon union avec celle que tu considérais comme ta fille
Et ainsi tu devins le grand-père de mes enfants
À qui tu racontas tes souvenirs et ces histoires d'un autre temps ;

Merci d'avoir été tour à tour un oncle, un père, un beau-père, un grand-oncle, un grand-père, un arrière-grand-père, toujours avec patience et bienveillance.

Vivre à deux

Lorsque la présence de l'autre nous paraît essentielle
Que le besoin de partage devient impérieux
Pour admirer ensemble les étoiles dans le ciel
Et découvrir peu à peu ces instants si mystérieux.

Vivre à deux : quelle découverte !
On s'unit, on s'allonge dans l'herbe verte.
Vivre à deux : Quelle aventure !
On s'écoute, on se projette dans le futur.

Et l'on comprend que la vie devient si belle
On se donne corps et âme pour lui, pour elle
On se nourrit de son sourire, de sa présence
Et l'on peine à croire en notre bonheur, en notre chance.

Vivre à deux c'est aimer et être aimé
Vivre à deux c'est comprendre et protéger
Vivre à deux c'est un seul regard sur un monde merveilleux
Vivre à deux c'est tellement compliqué mais tellement mieux.

L’oubli

J’ai oublié ces jours si ordinaires
J’ai oublié ces fêtes, ces anniversaires
J’ai oublié ces endroits, ces lieux de réunion
J’ai oublié les dates, les invitations
J’ai oublié les personnes qui nous entouraient
J’ai oublié notre vie…

Mais je n’ai pas oublié le goût sucré de nos baisers volés
Je n’ai pas oublié la promesse d’autres baisers plus intenses
Je n’ai pas oublié nos courriers échangés et notre impatience
Je n’ai pas oublié nos rendez-vous cachés
Je n’ai pas oublié l’odeur de ton parfum préféré
Je n’ai pas oublié mes doigts sur tes lèvres et nos corps enlacés
Je n’ai pas oublié la douceur de ta peau et ton émotion
Je n’ai pas oublié nos promesses, nos certitudes, notre passion

Je n’ai pas oublié ce jour funeste où tu m’as oublié…

Le voyage

Je suis prêt pour ce long voyage
J'irai partout, j'irai nulle part
Découvrir d'autres chemins, d'autres rivages
Attiré par d'autres aventures, d'autres regards.

Je ne fuis pas, je pars vers d'autres lieux.
Je ne fuis pas, je pars vers d'autres amours.
Je ne fuis pas, je pars vers d'autres cieux.
Je ne fuis pas, je pars vers d'autres toujours.

Le chemin sera long et périlleux
Mais riche en découvertes et en rencontres
Le chemin sera incertain et merveilleux
Telles ces histoires d'amour finalement si fécondes.

Lorsque la fatigue et l'ennui seront mes seules compagnes
Alors je reviendrais poser mes valises au pied de la montagne
Ici ou ailleurs qui peut connaître son destin
Vivre seul ou vivre à deux sans peur du lendemain.

Le destin

J’ai toujours cru à la providence
Persuadé que ma vie serait une chance
Je m’installais durablement dans mon enfance
Rien ne pressait, rien n’arrivait autrefois en France.

J’ai attendu un signe qui n’avait rien de divin
Et j’ai compris que rien n’arrêterait le destin
Ma vie devint notre vie du jour au lendemain
Avec joie et bonheur ton rêve était le mien

Autour de nous tous ces couples qui se séparaient
Qu’avions-nous de plus, qu’avions-nous de moins ?
La plénitude de nos corps enlacés
Et la certitude que notre amour guiderait nos pas incertains.

Mais le destin nous rattrapa, cela fait dix ans déjà.
J’ai beaucoup pleuré, j’ai beaucoup sombré
J’ai beaucoup voyagé, j’ai beaucoup rêvé
Et toujours je me suis relevé mais jamais plus je n’ai aimé.

Aujourd’hui malgré mes doutes et mes émotions
Je suis serein car mon destin porte ton nom.

L'institutrice

Elle entra dans cette classe comme on entre dans une arène
Le cœur serré, la gorge nouée
Bien loin de ce qu'elle avait espéré
Maintenant elle était seule, il fallait reprendre halène.

Elle était encore si jeune, si vulnérable
Les enfants entrèrent souriants et apaisants
Voilà ce qu'elle espérait, inutile d'être intraitable.
Tous s'installèrent, elle était leur institutrice dorénavant.

Son rêve se réalisait : elle était maîtresse !
À son tour elle guidera, elle épaulera, elle enseignera
Avec passion, avec conviction, avec sagesse
Sa récompense : le sourire d'un élève, le croquis d'un autre bien maladroit.

Et lorsque viendra le jour dernier
Elle sortira de cette classe le cœur serré
Elle se souviendra des visages qui l'ont accompagnée
Satisfaite du travail accompli, elle s'en ira avec tristesse et fierté.

Aimer la vie

Aimer la vie
Sans réfléchir
Aimer la vie
Et lui sourire

Aimer la vie
Avec ferveur
Aimer la vie
Sans aucune pudeur

Aimer la vie
Sans artifice
Aimer la vie
Sans sacrifice

Aimer la vie
Avec passion
Aimer la vie
Avec raison

Aimer la vie
Sans rien attendre
Aimer la vie
Puis tout reprendre

Aimer la vie
Comme un cadeau
Aimer la vie
Comme un souffle nouveau

Aimer la vie
La remercier
Aimer la vie
De ses bienfaits

Aimer la vie
Avec respect
Aimer la vie
Sans un regret

Aimer la vie
Sans un remords
Aimer la vie
Jusqu'à la mort…

Papa

Tu as vécu toute ta vie dans cette belle région de
Puisaye-Forterre
Une existence de labeur et d'amour de la terre
Digne héritier de tes propres parents
Que tu continuais de visiter régulièrement
Nous sommes les fruits de votre amour toi et notre mère
Nous sommes ces enfants d'après-guerre
Nous avons tant de mercis à proclamer
Nous avons tant de louanges à formuler
Tu as fait preuve de beaucoup de courage
Afin d'élever une famille si nombreuse
Et nous pauvres diables avions la tête dans les nuages
Inconscients de tous ces sacrifices, nous étions heureux
J'aurais tellement voulu mieux te connaître
J'aurais tellement voulu mieux t'aimer
Te dire toute ma fierté de t'avoir eu comme père
Te serrer dans mes bras et t'embrasser
Mais la vie nous échappe et nous attriste
Aujourd'hui tu aurais cent ans
Et nous resterons à tout jamais tes enfants

Pour dire et ne rien dire

Les mots dans ma tête
Font une sarabande
Il y en a de très bêtes
Les autres sont savants.

Il y en a des gentils
Des mots qui font du bien
Ceux que l'on n'a pas dits
Qui font le va-et-vient.

Les mots que j'ai trop pris
Ceux que j'ai oubliés
Les mots de toute une vie
Ceux qui sont familiers.

Les mots font une ronde
Tout autour de la terre
Et je n'ai pas honte
Celui que je préfère

C’est celui du bonheur
Celui qui fait rêver
Il nous rend tous meilleurs
Celui qu’il faut garder

Au fond il n’y en a que deux
Amour et liberté

Bernadette Doubre Gauchot

Remerciements

Tous mes remerciements à tous ceux qui ont croisé l'homme ou le facteur sur le chemin des mots.

Table des matières

Imprimé en France
Achevé d'imprimer en mai 2022
Dépôt légal : avril 2022

Pour

Le Lys Bleu Éditions
40, rue du Louvre
75001 Paris